두 쿨한 사람은
걸보기
미치유키 아오이
Aoi Michiyuki Presents
완
달라
2

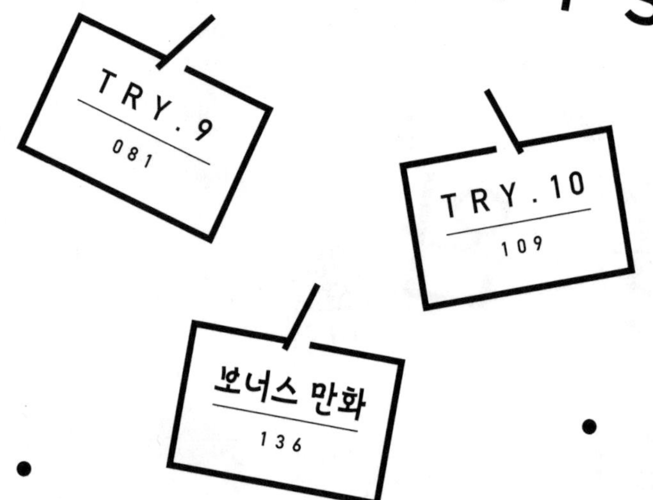

cool na futari wa
mikake ni yoranai

CONTENTS

번쩍—
사…
사장님
이건…?!
저번에 갔던
카페에서 본 걸
참고해서
핫케이크 믹스로
만들어봤어.
핫케이크는
언젠가 꼭 다시
도전해보고
싶었거든.
달걀프라이에서
스킬업하셨네!
귀여워요,
사장님 얼굴을
만드신
건가요?!
…아니, 그거
펭타곤인데.
아~앗!!
삐
익
아,
세탁이
다 됐군.

핑크색
물이 들고,
줄어들었
네요….

이 니트 산 지
얼마
안 됐는데….

이 덕지덕지
붙은
하얀 누더기는
뭐지…?!

E…

ENFP
느낌 있고
좋은데요.

티슈랑 같이
돌리신 것
같아요….

오늘은
세탁하는 방법을
배워볼까요?

….

끄덕

Tackle
제균
Scond
98% 제균
향균 위험
산성 세제
실내 건조
화이티
900g LIMON
MAM
내로우
하이티
TRY. 6
타다노의 광고 데뷔

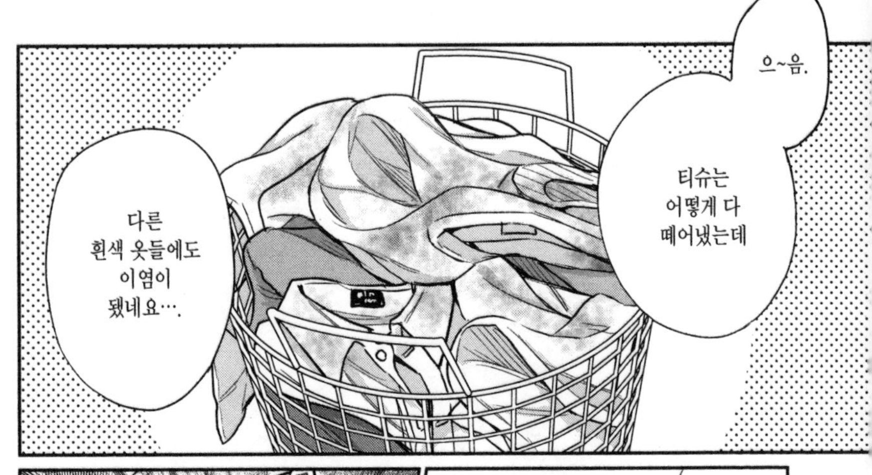
으~음.
티슈는
어떻게 다
떼어냈는데
다른
흰색 옷들에도
이염이
됐네요….

이게
원인이었나
보군….
아는
사장님께
받은
환갑 기념
수건.
왕
화려한
핑크!!

YES!!
부엌
수건으로
썼는데
이렇게까지
색이 빠질 줄은
몰랐네….
웃는 얼굴과 대사가
마치 "깜짝 카메라
대성공!"으로
보이는걸….

그랬군….
이렇게 색이 진한 빨래랑 흰 빨래는
따로따로 빠는 게 좋아요.
잘못 든 물은 옷이 마르기 전에 빼는 게 중요하다고 들었으니
바로 온수로 다시 빨아보죠.
짜아아
그런데 평소에 세제는 어떤 걸 쓰세요?
끼아
집에 세제가 엄청 다양하게 있더라고, 아내가 빨래하는 걸 좋아했거든….
가루 세제,
액체 세제.
섬유 유연제.
와르르르르
사장님?!

오오….
세제가 종류별로 잘 갖춰져 있네요!
이렇게 잘 갖춰져 있는데도
난 계속 세탁소에만 맡겼어.
그런데 이제 슬슬 직접 세탁을 하는 게 좋을 것 같아서…
오늘 아침에도 이렇게 한 줄로 쭉 세워두고 고민했지.
이 중 누가 가장 쓸 만한 녀석일까? 하면서.
세제들에게 압박 면접을!!

아까 쓰신 건 가루 세제였죠?
니트는 섬세 세탁용 세제를 쓰시는 게 좋아요.
섬세 세탁?

얼마 안 남은 것 같으니
같이 나가서 사와 볼까요?
잘못 빨면 후줄근해질 수 있는 이런 니트나 청바지용 세제요.
으~음.
역시 난 차이를 잘 모르겠어.
세제는 워낙 종류가 많으니까 그러실 수 있어요.
사장님?
약 STORE
?!

왜 갑자기
분유에
관심을?!
호오,
소화가 잘되는
락토페린
배합이라…!
A아기
락토페린
배합
밀 칠드런
건강한 몸을
만들어주는
네?!
지금 가게 밖에
쿠로히츠기 군이
지나간 것
같아서.
사장님, 자녀가
있으셨던가요?
닮았지만
다른 사람
이네요.
그런가…,
다행이군.
아니,
아이는
없는데…
A아기
198엔
148엔

직원들과 다 함께 바비큐 파티를 하고 싶다길래
도구를 보러 온 줄 알았어….
와~.
바비큐요?!
쿠로히츠기 씨는 제 자리 맞은편에 계신데
생각해보니 별로 애기를 해본 적이 없네요….
어떤 분 이신가요?
글쎄, 성격이 밝고 배려심이 깊은 사람?
네?
이미지랑 되게 다르시네…?
밝은 성격…?
그런데 왜 숨으셨어요?
그건….

이 나이 먹고 빨래하는 법도 몰라서 부하한테 배우는 걸
가능하면 들키고 싶지 않아서.
회사에선 듬직한 사장이고 싶으니까
모두를 실망시키고 싶지 않아.
아….
네?!
사장님도 나처럼
다른 사람들을 실망시키기 싫으신 거구나.
아하하.
타다노 군 한테는 이미 들켜서
오히려 마음이 편하지만….

제가 촬영 현장에 동행을요?!

응, 우리 회사에서 CG를 담당하는 '할리소다'의 웹 광고

현장에서 확인할 것들이 좀 있는데

사장님께서 타다노 군도 데려가 주라고 하시더라고.

오~, 타다노.

가서 사고 치지 마라!

으...윽!

별생각 없었는데 그 말을 들으니까 갑자기 긴장되잖아요!!

우와~.
촬영 현장은
처음 와봤어.

할리소다,
요새 편의점에서
자주 보이던데.

고등학생
역할
주인공들….

풋풋
하다~.

타다노
군.

?

그쪽
나이가?

스물셋
입니다!

좋아!

으~음.

화려하진
않지만
단정한
이목구비….

그,
엑스트라 학생 역
한 명이
아파서
못 왔다는데….

못해요, 못해요!!
제발 한 번만 제발!!
다른 엑스트라들이랑 같이 '지각하겠다~' 하는 느낌으로
주연 둘의 옆을 달려서 지나가기만 하면 돼!
시작 몇 분 만에 상상도 못 한 위기를 맞았는데요?!
요시오카, 안녕!
안녕!
오케이, 액션!
지각… 지각….
자, 타다노 씨!

빨라, 너무 빨라!!
쌔애애앵
너 그렇게 천천히 걷다간….
역시나! 폼이 지나치게 좋더라!!
헉---! 헉---!
육상부요.
커트!
어, 어느 정도 속도로 뛰어야 하죠?!
그렇게까지 진심으로 뛰진 않아도 돼!
타다노 씨, 학교 다닐 때 무슨 부였어?!

미쳤어 날뛰다...
오케이, 액션!
좀 자연스럽게!
두 애들을 힐끗 보고 앞질러 가는 느낌으로!
400미터 달리기?! 800미터 달리기?!
그것까진 모르겠고!
마라톤 출발 속도 정도?!
너 그렇게 천천히 걷다간 지각한다?
안녕.
애들 얼굴 뚫어지겠다~!!
자, 뛰어!

이러면 주연들보다 달리는 애는 누군지가 더 궁금해지잖아!
커트!
잠시 휴식하겠습니다!
대사도 없는데 요령도 없으니 원….
엑스트라 때문에 리테이크만 벌써 몇 번째야?
모두를 실망시키고 싶지 않아.
지금까지 살면서 수없이 경험하긴 했지만…
으…윽, 나에게 실망한 눈빛들…!
아무리 발버둥 쳐도 앞으로 나아갈 수도, 빠져나갈 수도 없는
수렁으로 점점 더 깊이 빠져가는 듯한 절망감…!
저도요, 사장님!!

왜?
쏟았어?

아~….!
이거
어떡하지?!

물을
묻혀서
비비면…

이 얼룩
빠질까?

쓰르륵…!!

앗,
뜨거!

그거
우유 안 들어 있는
커피죠?

벗어서
잠깐만
줘보세요.

얼룩은
물로 비비면
더 번져요!

쓱
톡 톡…
셔츠 뒷면에 수건을 대고
물을 적신 티슈로 위에서 톡톡….
아!
사라졌다!
이제 잘 보이진 않지만 그래도 제 셔츠랑 바꿔 입고 촬영하세요.
감사해요~, 정말 감사합니다!
오…!
깨끗해 졌다.
저번에 사장님이랑 세탁 연습 하면서
얼룩 빼는 법을 찾아보길 잘했다…!

이게 유지방이 든 라떼 얼룩 이었으면
또 다른 방법으로 빼야 하나 봐요.
빨래는 과학이었어….
손은 좀 가지만
깨끗해지니 속이 다 시원하군.
그리고 바로 세탁기 버튼을 잘못 눌러서
또 다른 난리가 나긴 했지.
난 능력이 부족하지만
그렇다고 아무것도 못하는 사람은 아니야.
이제 좀 마음이 진정되는 것 같네….
！
투욱
삐 삐삐 삐

연기자, 여기 있는 카메라 맨, 감독님 중에

타다노 군만큼 CG 잘하는 사람은 아무도 없을걸?

연기가 서투른 건 당연한 거야.

자네 본업은 CG 디자이너니까.

호소야 씨…!

나도 카메라에 안 비치는 자리에서 응원할게.

그러니까 기죽지 말고 재미있게 해.

어릴 때 보았던 주스 광고….

호소야 씨…. 되게 아빠 같으시다.

찡— 잉— 잉—

CG로 제작된
별과 동물들이
날아다니는
모습을 보며

설레던 마음을
아직도
생생히
기억한다.

분명
할리소다 광고도
보는
사람들에게

10대의 눈부심과
풋풋함을 느끼게
만들어주겠지?

내 고등학교
시절의
청춘은

CG로라면

연출할 수
있어.

저렇게
빛나지
않았지만

어서 회사로
돌아가서
일하고 싶다.

OK~!
좋아요~!

!

화
아
앙

좋은
아침.

좋은 아침
입니다.

빨래 계속
잘하고 계시나
보다~.

그날 산
섬세 세탁용
세제 향기.

kurohitsugi

안녕하세요, 쿠로히츠기입니다.
다음 주 화요일 저녁에 핼러윈 바비큐를
개최하려고 합니다.
봄에 열지 못한 신입 사원 환영회도 겸하니
시간 되시는 분은 꼭 참가해주세요.

일시: 2023년 10월 31일(화)
회장: 우리 회사 사무실 건물 옥상(하루 빌림)
비고: 핼러윈 파티니 꼭 코스튬을 입고 참석해주세
      (의상이 없는 분은 쿠로히츠기가 빌려드립니다)

또한 바비큐 홍보대사로 저 쿠로히츠기 외에도
사장님과 이카리 군이 선정되었습니다.

히이이이이이이이이잉
완벽하게
하늘에 맡긴
선발이었지만
후후....
미안해요,
내가 맘대로
임명해서....
제사엔
희생이
필요한
법이니까
고통도
웃음으로
바꾸어서
함께
즐겨보자고요.
바·비·큐...

할로윈
할아버지가 와도
그건 아니지
않겠어요?!
BBQ!!
BBQ!!
어? 나...
바비큐 고기가
되는 거야?

너 얼룩 정말 잘 뺀다.
그런 건 누구한테 배웠어?
엄마
그 후 세탁에 푹 빠진 남고생 역 배우

야생의… 세탁 왕자님 같은 사람.
야생의 세탁 왕자님?!

야근 시간 화장실은 무섭구나~ㅠㅠ
응후~ 후으응 ♩
히~후으응 ♪
응후~후~ (하모닌) ♪
야근은 많이 힘들죠~오
깡야아악
야카리의 천적

우와아,
정말 넓다!
역시 대형 수입식품 마트!
그리고 모든 게 거대해…!!
여기라면 고기도 엄청 실하겠어!
그나저나 바비큐 홍보대사가 그냥 파티 총무였다니….
사장님은 식재료 조달을 맡아주세요.
어? 사장님?!
다다
이 있던 자리
이런! 너무 흥분해서 사장님을 두고 왔어…!
으아아아앙

I lost sight of my father!
(아빠랑 길이 엇갈렸어요!)
영어로
미아를 챙기고
계셨구나!!
역시 멋진
우리 사장님…!
I'm sorry to hear that.
(저런, 딱하게도.)
I'm lost too.
(나도 길을 잃었단다.)
아저씨도
불쌍한
사람이야!!

HALLO
WEEN

TRY.7
히다카 사장님과
핼러윈 바비큐

가족을 찾아서
다행이네요.

맞아.

오래
기다렸지,
이제 우리도
가볼까?

이 카트 너무 커서
한 손으론 마음처럼
안 움직이는데…!

이 정도로
대형 매장이
아니면
보기 힘든
카트니까요.

삐끗
삐끗

삐끗…

하지만 익숙해지면
손가락 하나만
걸고도
모델처럼 문워크를
할 수 있죠.

아니, 이건
안 배우셔도
괜찮아요.

그… 그건
어떻게
하는 거지?!

샤
라라라

와앗…

과

고기 종류가 정말 다양하네요~!
이 다진 고기 한 팩이면 햄버그가 몇 장이나 나올까요?!
요리를 좋아하는 사람에겐 천국이군.
소고기 다짐육
품번 : 394022
2014
타다노 군이 바비큐 홍보대사를 맡으면 좋았을 텐데.
그러고 보니 그건 무슨 기준으로 뽑힌 건가요?
공평을 기하기 위해
쿠로히츠기 씨네 애묘들이 뽑기로 정했다고 들었어.
그나저나 난 바비큐에 적당한 고기가 뭔지도 전혀…
?!
재밌었겠다.
파밧
파밧
오오
호소
카노
모모
조노
A 장남
이카리

시작은 닭날개나
우설로 담백하게!

중반부는
양념에 재둔 돼지고기
삼겹살이나
불고기용 소고기도
좋아요!

그리고
메인은
스페어립이나
스테이크로!!

국산은 못 사도,
수입산도
힘줄을 제거하고

양파를 갈아
미리 재워두면

고기의 식감이
부드럽고
고급스러워지죠!!

타…
타다노 군,
설마
바비큐 조리
경험자?!

네….

때는
대학교 1학년,
여름
이었어요….

매
앰

매
앰

매
앰

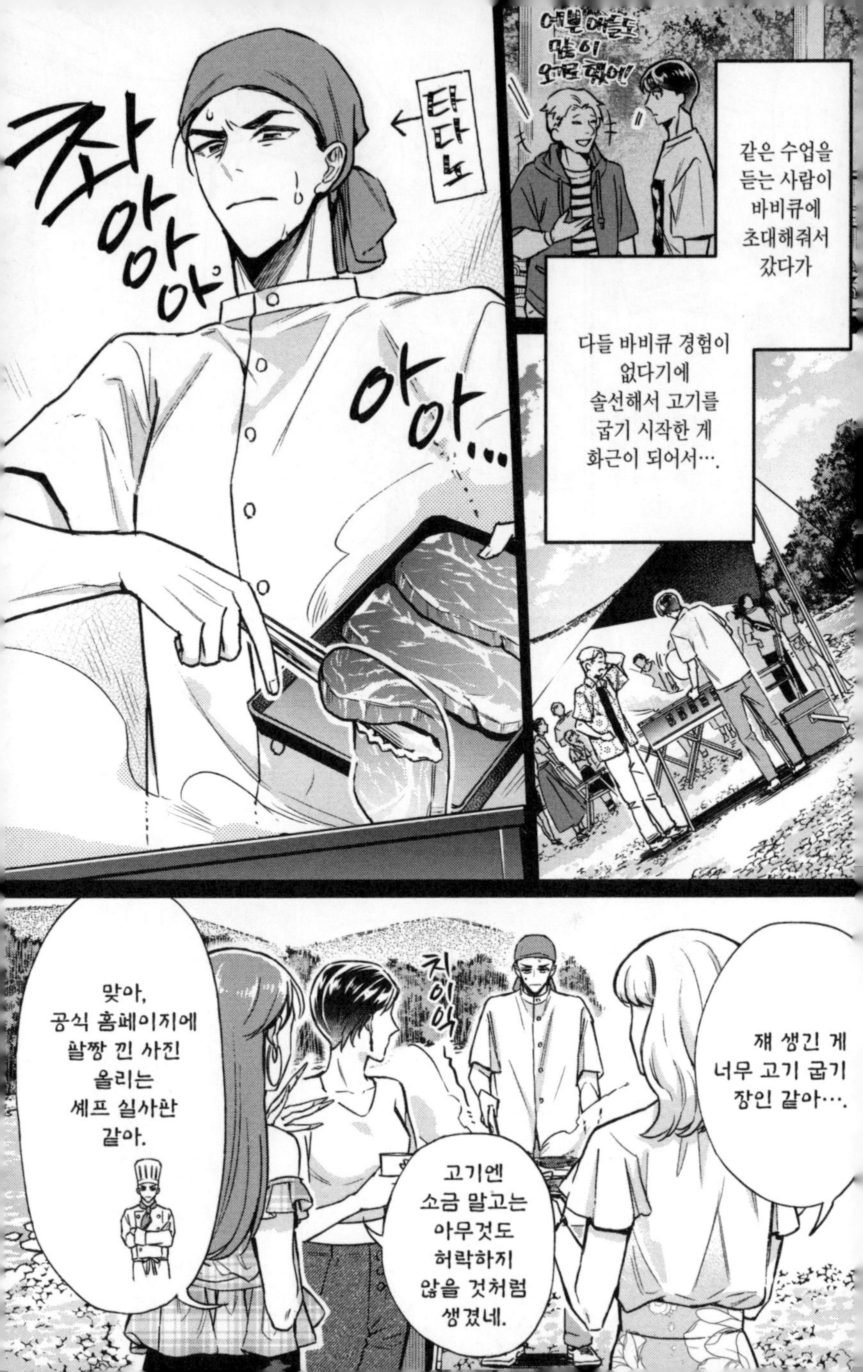

예쁜 여들도 많이 오라고 했어!
같은 수업을 듣는 사람이 바비큐에 초대해줘서 갔다가
다들 바비큐 경험이 없다기에 솔선해서 고기를 굽기 시작한 게 화근이 되어서….
짜 앙 아.
아아…
타닥
맞아, 공식 홈페이지에 팔짱 낀 사진 올리는 셰프 실사판 같아.
고기엔 소금 말고는 아무것도 허락하지 않을 것처럼 생겼네.
치이익
쟤 생긴 게 너무 고기 굽기 장인 같아….

아니요!

그럼 이번엔 홍보대사인 내가 고기를 구워야 하는 건가…?

우리 연락처 교환하자~

불쌍해….

그러더니 아무도 교대를 안 해줘서!

땡볕 아래에서 혼자 쉴 새 없이 계속 고기만 구웠어요!

드… 든든해.

이 그림자 지휘관 타다노에게 맡겨주세요.

고기는 각자 맛있게 셀프로 굽게 하죠!

빨리 옥상으로 가야겠다.

일이 너무 안 끝나서 내가 제일 늦게 가게 됐네…!

다음 날

우와~.
복도부터 벌써
장식들이…!

!

누가
장식한 거지?
진짜
센스 있다~.

고마워요오~.
내가
담당했어요!

키야아
아앗?!

쿠, 쿠로히츠기 씨?!
안녕하세요~, 뱀파이어 랍니다~.
타다노 군이 너무 늦길래…
걱정이 돼서 와봤지 뭐예요☆
섬뜩한 얼굴로 여친 같은 발언~!!
씨익

타다노 군 의상을 안 가져왔죠?
그래서 내 코스튬을 빌려주려고요.
아…! 감사합니다!
코스튬 참가인 걸 깜빡했어!!

난 파티용품을 진짜 좋아해서
수집품이 많거든요.
타다노 씨에겐 늑대 BOY를 추천할게요.
귀까지 달린 좀 부끄러운데~.
혹시 다른 건 없을까요?
MEN
size:L
늑대
BOY

이거 아니면 남성용은 모히칸 스모 선수 하나밖에 안 남았어요.
늑대 BOY를 꼭 입고 싶습니다!!

시라토리 씨가 꼭 늑대 BOY를 입혀달라고 하셨거든요.
이걸 골라줘서 다행이에요.
세상엔 짐승 귀를 단 잘생긴 청년에게서만 얻을 수 있는 영양소라는 게 있어요.
시라토리 선배?!

어떤 코스튬을 입으셨을까?

사장님과 이카리 군한테도 내 코스튬을 빌려드렸어요.
오오~....
시라토리 선배가요?

타닥…
타닥…
타닥…
타닥…
숯
신부님과 핫도그가
불을 피우고 있네.

필사적으로 웃음을 참으며 지켜보고 있어…!

그리고 모두 멀찌감치에서 그 둘을 둘러싸고

뭐지, 이 웃으면 큰일 날 거 같은 엑소시스트는?!
너무 초현실적이야!!

저 핫도그 (이카리 선배)의 표정이 너무 애처로워…!
무슨 감정인 거지?!

타다노 군에게 늑대 BOY를 입히기 위해
이카리 군은 스모 선수와 핫도그 중 하나를 선택해야 했어요.
나 때문이었구나!!
아, 소형 그릴들에 불이 다 잘 붙은 모양이네요.
솜씨도 좋으셔라.
베란다에서 연습한 보람이 있었다!

사장님이 식기를 다 일회용으로 준비해주셔서 벌써 자리마다 다 깔아놨거든.
아아, 괜찮아.
찰칵찰칵
제가 도울 일 있을까요?
이 종이 접시, 색도 화려하고 너무 예쁘지 않아?

작전
대로…!

소형 바비큐
그릴을 여러 개
준비해서

고정된
조리 담당자를
만들지 않기!

그리고…

컬러풀한
종이 접시와
종이컵으로

설거지를
최소화하고!
동시에
파티 느낌도
연출!

오래들
기다렸지.

자, 다들
양껏
굽도록 해.

와, 훌륭한 파티 세팅이네요!
고기말이 삼각김밥까지 있다!
이거 사장님이 직접 만드신 거예요?
응? 어어….
난 그냥
냉동 삼각김밥에
고기만 둘렀지만….
정말 대단하세요~!
좋아!
인터넷에서
찾은
간단 레시피로
사장님의
호감도도
업됐다!

고기를
큰 접시에
담아 나누어
주었더니

다들 바비큐
홍보대사에게
감사하며
먹으라고!

고마워요,
핫도그맨!

오빠~

아하하

모두들 알아서
굽기 시작했어.

그리고
아이스박스에
남은 소시지를
꺼내다가….

저 자리는
맥주가
다 떨어졌군.

안주 쓰레기는
보이는 즉시
치우자.

하지만
절대
눈에 띄지
않도록

티 나지
않게….

타다노 군도 좀 앉아요.
이 파티의 메인 게스트잖아요.
네?
오늘 파티는 신입 환영회도 겸하는 자리니까요.
어서 와, 타다노 군.
분장은 했지만 우리 알아보겠지?
무, 물론이죠! 항상 얼마나 많은 도움을 받고 있는데요!
저랑 같은 대졸 신입인 니이지마 씨.
에헤헤, 반가워~.
오! 정답.
호소야 씨랑

호소야 씨는 몰라도
무슨 주제로 이야기를 해야 할지….
니이지마 씨랑 얘기하는 건 거의 처음이라…

타다노 군은 그렇게 허리를 쭉 펴고 앉아 있으니까…

네?!
아하하! 정말 아직 길이 덜 든 대형견 같네!!
낯가림쟁이
본가의 잭
검은 대형견 같네요.
우리 본가의 개가 떠올라요.

네에?!
기억 안 나?
근데 우리 면접 날 봤었는데~

그날
엘리베이터에도

같이
탔었는데….

이 사람도
면접 보러 온
사람 같은데

나랑
동갑이려나…?

우와….
너무 냉철하고
똑똑해 보여.

이런 사람이
합격하는
거겠지…?

으으….
나도 자신감을
가져야 하는데.

아.

떨어
졌어요.

앗,
감사
합니다!

팔
랑…

손에 빽빽하게 지망 동기를 써놨잖아~?!
빼곡
여기요.
우와아…. 그건 아무도 못 보셨을 줄 알았는데….
아하하핫
그걸 보고 이 사람도 긴장했구나~
하고 나도 얼마나 안심했는지 몰라.
그러고 보니 오오타 씨는 어디 가셨죠?
아~, 재밌다. 오오타한테도 얘기해주고 싶네~.
이런 분위기면 고기도 긴장 안 하고 먹을 수 있을 것 같아.
휴우
존댓말 안 해도 돼~
니이지마 씨도 얘기하기 편한 사람이라 다행이다.

오늘 오오타 씨 술 엄청 빨리 드시던데
괜찮으 시려나~?
아까 갑자기 "바비큐엔 그게 있어야지!" 하더니 어디로 갔어.

저건 무슨 코스튬 이에요?
수수한 핼러윈 코스프레.
'무릎 꿇고 사과 잘할 것 같은 과장님'이래.
컬컥
아.
돌아 왔다!

사장님을 향해 투스텝으로 뛰어가잖아?
~♪ 폴짝
폴짝
오? 뭐지?

사장님~!
저 야키소바
먹고 싶어요~.
응?
만들어
주세요오~.

뭐라고요~?
그게 무슨
생떼예요?!
여긴 식칼도
없다고요!
커팅 채소
사 왔어!
그럼
이카리 군이
해주든가.
내가 평소에
요리를 하게
생겼어요?!
우리 집
가스렌지로도
물밖에
안 끓여
봤다고요!
저 당당한
역정!!

요청이
들어오는 건
계획에
없었는데!!

거절하세요,
사장님!!

사장님의
야키소바~.

먹어보고
싶었는
데에~

새
초롬

...윽.

…그, 그래.
맡겨줘.

사장
니~임?!

철판구이 TADANO

개업 23년 차,
꼼꼼히 산지를 따져
엄선한 고기에
양념은 소금만
제공합니다.

예약은 전화로만 받습니다.

××-×××-××××

마이너
애니메이션
코스튬이라서
안 들킬 줄
알았는데…!

응?!

어라?
시라토리 씨
의상
어디서 본 거
같은데….

두근

오타쿠들
애니메이션
코스플레이지?

아! 그 무슨
심야에 했던
이세계…
어쩌구하는

FPS 게임
소년 만화 좋아함
애니메이션 안 봄

이카리

마음의 문

어라?!

…두 번 다시
나한테
말 걸지 마.

시라
토리

2차 창작 좋아함
취미는 코스플레이
심야 애니메이션만 봄

철
썩

쾅

지난 회 줄거리

계획대로 진행되던 바비큐였으나

오동통남 오오타의 무리한 요구를 수락해 야키소바를 만들게 된 사장님.

과연 사장님은 무사히 조리를 해낼 수 있을 것인가?!

?!

그대로만 만드시면….

야키소바…! 봉지 뒤에 레시피도 적혀 있으니까

설마 저대로 그냥 볶으시려는 건가?!

저러면 채소는 구워지더라도 면이 망에 다 달라붙고 타서…

너무 무모해!

사장님~.

와일드한
야키소바 파티가
열리고 말 거야!!

조금 눌어붙었지만
다들 마음껏
뜯어 먹도록 해.

쓰시
겠어요?

마침
핫플레이트가
딱 한 대 있던데

무슨
종교지?!

?!

핫도그
느니
이이
이임!!

짜
약

HOT DOG
BUSTER
TRY.8
히다카 사장님과
시련의 야키소바

제가 더
가져올게요!

의자가
부족해졌네요.

야키소바를
신청하고
바로 곯아
떨어지다니

세 살
꼬마도
아니고, 원.

오오타 쌔가
이 정도로 주정이
심하신 줄은
몰랐어요….

쿨~…

좋아! 이 핑계로
사장님 가까이
접근할 수 있게 됐다.

하지만 갤러리들이
에워싸서
사장님께 조언을
드릴 수가 없어…!

와,
맛있겠다~.

늘 내가 골라주곤 했었지.

뭘 입을지, 어디서 데이트를 할지, 이직은 어디로 할지까지 좀처럼 결정을 못 내려서

전에 동거했던 전남친은

늘 난감한 듯이 웃던 사람이었는데

야키소바에
부추랑
다진 고기를
넣는 건
좀 아니지
않아?!

IN

IN

응?
우리 본가에선
늘 이렇게
먹는데…?

…언제나 모든 걸
카오리의
페이스대로만
정하려 하는 게

사실은
늘 너무
싫었어.

헤어지자…
라는 거야.

부추랑
다진 고기
때문에요?!

그럼 처음부터
말을 했어야
알 거 아니야!

빨래도
아무 데나
훌렁훌렁
벗어던지던
칠칠찮은
성격이면서…!

모모조노
씨는…

그 사람을
진심으로
아껴서

뭐든지 챙겨주고
싶었던 거지?

다음엔 처음부터
서로의 진심을
나눌 수 있는 사람을
만날 수 있을 거야.

으,

치이이익

격려는
따뜻했지만…!

재료들
이…

모조리
타고
있어요…!!

으와
아아앙,
신부니
이이임!

이렇게 된
이상은….

요리 초보에게
멀티태스킹은
무모한 행위!

상담에 집중하느라
코앞의 요리를
못 보고 계셔!!

뿌엥

꺄악?!

우왓?!

덜덜덜덜덜

터엉

아~,
뭐 하는 거야,
타다노 군!!

죄송해요!

지금이다!

?!
깜짝
뿅

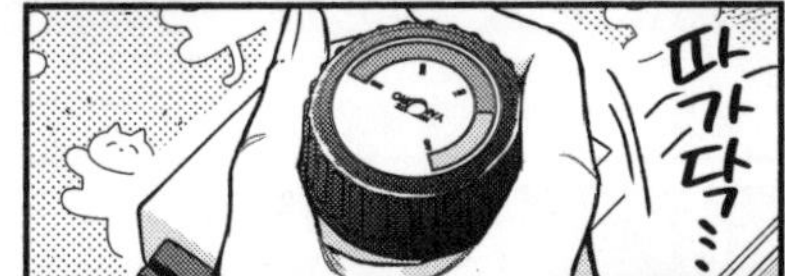
딱
각
딱

다들 줍자!
이거 따면 캔 터지는 거 아니야?

이제 다음 단계를 시작하시면….
맛있는
물
2L

헉
!
좋아! 드디어 알아차리셨어!!
아…앗!

룜
2L

콰콰콰콰콰콰콰!!!

우와아아아아?!

왜 물을 그렇게 들이부으신 거죠?!

?!

저기에 면을 넣으시려는 건가…?

아! 면을 끓여서 익힌 다음에 볶으시려는 거구나!!

계량컵이 없어서 눈대중으로 넣으신 거였어!!

싱겁고 불어터진
한강물 라면이
되고 말 거라고요!!

아니…,
아무리 그래도
물을 너무 많이
부으셨어요!
저 상태론
분말 소스를
넣어도…

누가 봐도
알아차릴
명백한 실수!!

그렇다면
내가 벽이 되어
가릴 수밖에!!

다
줬었다~

오

오

캔은
이쪽에서
회수하겠
습니다!!

자기가
떨어뜨려 놓고
무슨 소리야!!

오

지금이야말로 쓸데없이 큰 키를 활용할 때다!!

디펜스!

디펜스!

감사합니다!

감사합니다!

타다노~! 거긴 상대팀 골이야!!

고등학교 땐 대회에서 실수를 연발하는 바람에

농구부에서 육상부로 부를 옮겼지만…

카에타라고

뭐…지?! 돌파 당했어!!

어? 야키소바… 물이 너무 많지 않나요?

원래 그런
레시피인가요?

아, 진짜!
물이 너무 많이
들어갔네!

깨달음

응?
으응.

맞아....

배짱 이론으로
상황을 돌파하려는
사장님!!

글루텐

오~

물을 넉넉히
넣고 끓이면
글루텐이
활성화돼서

면이
쫄깃해
진대....

※아마도 존재하지 않는 효과

아아~.

저도 알아요!
TV에 나온
그 조리법
말씀이시죠?!

그 수수께끼의
이론

제가
어시스트
하겠습니다!

맞아, 그거야.
물이 끓으면 물을 버리고
센불로 볶으라던 그거요!!
그쳐 그쳐 그쳐 그쳐
일단 소스를 넣기 전에
물을 다 버리셔야 하는데….
짝 짝
요리 프로 마스코트 캐릭터 같네.
넵
이카리 군, 좀 도와줄래?
끓는 물에서 면을 건져낸 다음….

그건
라멘집의
물기 빼는
방식이잖아요,
사장님~!!
그
움직임은…!
타앙!
앙!
낙
낙
아하,
망설임 없이
쓱쓱
움직이니까
이상한 몸짓도
프로의 쇼잉처럼
보이는 거구나!
응?!
아무도
안 놀라네?!
오오~.
짝
짝

척
척

아직 실수가
보이긴 해도

처음엔 서툴러서
그렇게
고생하셨었는데…!

양파 →

확실히
요리 솜씨가
느셨어!!

다 됐다!

맛있겠다~.

이크,
의자!

빨리
가져다
놔야지.

고마워,
타다노 군…!

기쁨
야키소바가
호평이네.
오오타 군 몫은
따로
덜어놔야겠군.
!
예쁘게
담기가
어려운걸.
뭐 좀
꾸며줄 거
없나…?
웅!
먹을래요!
사장님이
야키소바
가져와
주셨어!
으어엉?
오오타!
오오타!
벌
떡

우와아~.
달걀프라이도 올라갔네~.
마트 봉지 안에 달걀이 있길래 좀 썼어.
맛은… 과연 어떨까.
그 무한 달걀프라이의 나날이
여기서 빛을 볼 줄이야….
잘 먹겠습니다~.
달걀 프라이 예쁘다~
우리 본가에선 이게 디폴트였거든요~.

우움?!

적당히
반숙된
달걀….

감칠맛 나게
볶아진
식재료!!

면의
쫄깃한
식감!!

모든 요소가
완벽한 조화를
이룬 맛이야!!

그래?

맛있어요,
사장님~!!

제가 딱
먹고 싶었던
맛이에요~.

다행이군.

타다노
군.

오늘은
고마웠어요.

그리고
바비큐 재료
쇼핑 서포트도.

네?! 아뇨~,
무슨 말씀
이신지?!

깜짝

요즘
사장님 표정이
부드러워지셨던데

타다노 군
덕분인가?

그, 그럴
리가요….

사장님이 옛날엔
어떠셨는데요?

난
회사 창립 때부터
계속 있던
사람이라

보고 있으면
많이 달라지신 게
느껴지거든요.

사장님은 원래 IT 계열 대기업에서 일하시던 분인데

약한 모습은 보이지 않고 쿨하게 행동하셨지만

친구였던 전 사장님의 스카웃을 받아 오시자마자 이 회사를 통째로 떠맡으셨어요.

실제론 많은 걸 짊어진 사람이란 인상이었죠.

아직 적응하지 못하신 와중에도 회사를 막 궤도에 올렸을 즈음에 부인께서 돌아가셔서

마음고생도 많으셨을 거예요.

우리 사원들과도 어느 정도로 거리감을 유지해야 좋을지 어려워하는 눈치셨죠.

친구처럼 대하면 만만하게 보고

사장이란 게 참 어려운 자리예요.

고압적으로 대하면 사내 괴롭힘 소리를 들으니

그래서 얼음 제왕이란 별명으로 불리시는 사장님 이지만
한번은 회식에 따라간 적이 있었는데…
자네는 참 귀신처럼
으스스하게 생겼군!
후훗!
와하하하 옛잉
밤길에 마주치면 많이들 놀란답니다~.
마에노 씨.
쿠로히츠기 군은 우수한 프로젝트 매니저입니다.
아무리 누구에게나 관용적인 사람이라고 해도
실례되는 말씀은 말아주십시오, 저희 회사의 소중한 직원입니다.

왜, 요샌 사장님 미간에 주름도 잘 안 보이잖아요?
아….

사장님, 멋지시다.
의외로 마음이 뜨거운 분이셔서 감명받았어요.

듣고 보니 전엔 인상이 험악하셨던 것 같기도….

쿠로히츠기 씨는 회사 사람들 모두에게
마음을 많이 써주시는 따뜻한 분이시네요.

그 쓰레기 내가 버릴게요
달라지고 싶거든.
그래서 혹시 무슨 계기가 있으셨나?
그런 거라면 잘됐다 싶어서요.

에이,
전혀요.

난 이렇게
호러 페이스를
가진

그냥 이상한
사람이랍니다.

비로소
이해되는
기분이다.

그때
그 말이

쿠로히츠기
군은

성격이 밝고
배려심이
깊은 사람?

앗!

무릎 꿇고
사과 잘할 것 같은
과장님이다.

술 다 깸

와...

코스튬 설정
완벽 재현!!

쿠로히츠기

휴일엔 클럽에서
DJ「Horror」로
활약 중

눈밑 다크서클은
친구가 많아서
매일 밤 술자리에
불려 나가거나
상담을 들어주느라
다소 수면 부족인 탓

오오타

동안에 온후하지만
오냐오냐 자랐다.
도박 좋아함

아내가 이혼을 고민 중인 것을
눈치채지 못하고 있음

엄마는 아기를 낳으러 가서
한동안은 못 와.
학교 끝나고 와서 집 잘 볼 수 있지?
아빠는 늦게 들어 오겠지만
저녁부터는 할머니가 와 계시기로 했으니까….
괜찮아!
이제 나도 오빠니까!
혼자서도 잘할 수 있어!
혼자서 잘할 수 있도록…
으….
빨래도
펑
요리도
펑
펑 펑 펑
퍼탁
퍼
청소도

그래도
그로테스크한
외국 드라마
보다는

귀여운
애니메이션으로
잠에서 깨는 게
낫지….

41화!

우와….

바다였어
찾아온
깨
괜찮은 왕!

펭타곤 애니를
연속 재생
시켜놓고 잤네….

이거
아침부터
최악이네!!

숲속의 왕! 펭타곤
펭타곤 공식 채널

인정욕구의
슬픈 말로!

슬픈 외톨이
몬스터 등장!

TRY.9
타다노와
인정욕구 몬스터
Reunion

맞벌이이신
부모님은
내게 많이
고마워하셨지만

그 시절
필사적으로
학습한
살림 덕분에

사장님
겨울털
겨울털 포메라니안
겨울털?!
어?
사장님?
아침에
웬일이시지…?
08:12
LENE
사장님의 새로운 메시지
잘못 보냈어.
혹시 겨울용 털 침구는
어디서 사야 할까?
고마워.
하치가미야 역 앞
건물에
인테리어 잡화점인
'니토르'가 있어요!
침대
패드가
필요했지
따뜻한
같이 저에 저
같이 가세요!
아냐, 괜찮아.
혼자 갈 수 있어.
엇?!
저도 마침
사려던 게 있으니까
퇴근길에
저랑 같이 가세요!

혼자 갈 수 있어
무슨 감정이신 거죠, 사장님~?!
이 이모티콘은 뭐지?!
슈우욱
여태 동행을 거절당한 적은 없었는데 왜….
…평소랑 분위기가 다르진 않으시지만
타다노, 타다노!

업무랑은
관계없는
일이지만…

무슨 일
있어?

집중
안 하지~?

곰돌이
목이
꺾였
잖아~!!

눈
돌아
가쟈!

우왓?!

그 사람,
친구야?

아~.
자주 있는
일이지.

메신저에서
잘 대화하던 사람이
왠지 갑자기
서먹하게 대하는 것
같아서요….

어~?
음,

친구라기엔
애매한…?

사장님과
나의 관계는
뭐지?!

수수께끼의 동맹

아하아, 알겠다.

이거 아직 사귀는 단계까지는 못 간 여자구만?

비록 현실은 메말랐지만

연애 리얼리티 프로만은 꼬박꼬박 챙겨 보는 이 이카리 님께서

상담을 해주마!

서먹해진 타이밍이 관건 같은데?

가장 최근에 했던 대화가 뭐였어?

마음이 없는 거 아닐까…?

타다노는 나한테

으~음…

그 말엔 이 대답 이지!!

너 요리 잘하는구나!

그 사람이 '오늘은 무를 넣어 된장국을 끓이겠다'는 얘기를 꺼냈는데요,

오늘은 무를 넣어 된장국을 끓일 거야

오오, 가정적인 면을 어필!

근데 초록색 부분을 쓰겠다고 하길래…

응?

애, 넌 이것도 모르니?
"무 위쪽은 샐러드에 더 어울리는 맛이에요"라고 답했어요.
장난해?! 주부끼리 기싸움 하는 것 같은 답을 보내면 어떡해!!
그 사람은 뭐래?!
기죽었잖아!!
아니에요, 그 사람은 쿨해서 늘 그런 느낌인걸요.
"그렇구나" 라던데요….
그래서 "무는 아래쪽이 된장국에 더 잘 맞아요!"라고 보충 설명 해줬죠!
너희 부모님은 그런 것도 안 가르쳐주셨나 보구나?!
무 토크로 그만 좀 몰아붙여!!

인정욕구의
슬픈 말로
슬픈 말로
외톨이 몬스터
그게 바로 나였다니!!
앗, 이런… 말이 너무 심했나…?
그러니 당연히 대답이 쌀쌀맞아지지!
그건 그냥 네 지식을 과시하고 싶었던 거잖아!
너 그러면 평생 장가 못 가!

시어머니처럼 너무 잔소리를 해대서 피곤하셨던 건지도 몰라…!
쿠로히츠기 씨의 평가에 들뜬 나머지…
타다노 군 덕분인가?

CYAAN
CYAN
이게 인정욕구의 슬픈 말로가 불러온 결과인 건가…?!

NITORU
부엌용품
식기
하지만 나도
따뜻한
침대 패드는
사야
하니까….
결국
혼란스러운 채로
침구 매장에
와버렸어….
!
따뜻한
침대 패드
따뜻한
침대 패드
언제 덮어도
실크터치
담요
따뜻한
침대 패드
웃,
사장님
이다!
사장님도
침대 패드를
보고 계시네….
말 걸고 싶지만
그러면 안 되니까
다른 데 가서
좀 있다가
다시 올까…?
뭐 찾으시는
물건
있으세요?
저,

쌀로
젠가를 하던
그 사람!!
코스
저
점원은…
요츠바
아~! 마트에
자주 오시는
아저씨!
언제 덮어도
실크터치
담요
언제 덮어도
실크터치
담요
호오!
저
사람….
저, 여기저기서
알바를 여러 개
하고 있거든요~.
여기에선
괜찮
으려나?!
마트에선
무시무시한
아방 속성
이었는데…
아~,
그러시면…
따뜻한
겨울용 침구를
사려는데요.

호오.
이쪽 침대에서 샘플을 체험해보실 수 있어요!
뭐니 뭐니 해도 제일 잘나가는 제품은
이 따뜻 침대 패드인데요!
거기에 더해 기모 이불 커버와 베개 커버!
그 위에 포근포근 극상의 두툼 깃털 이불까지 덮으면…!
뛰어난 보온 기능의 언제 덮어도 실크터치 담요!!
요츠바

최강의
따뜻함을
맛보실 수
있답니다!

당신이
누우면
어떡해요!!

자, 어서
같이 들어와서
덮어보세요!

직접
부딪쳐 보는
부끄러움은
잠시지만!

끝내
부딪쳐
보지 못한
부끄러움은
평생을 간다!

지금
직접 부딪쳐
체험해보지
않으면

솜털 이불
솜털 이불

네?!
그건 좀….

나중에
틀림없이
후회하실
거예요!

우와~.
정말…
따뜻하군요.

그렇죠~?

사장님~?!

솜털 이불
솜털 이불
저 사람들 뭐야?
쿡 쿡
하앗!

고,
고마워요.
참고가
됐습니다.

아,
추천 제품이
하나 더
있어요.

요즘 엄청
유행하는
건데요…

솜털 이불
솜털

네?

포
ㄱ
입는
담요예요!
부끄러움
2연타!
잘
어울리세요
♡
악의가
전혀 없는!!
빛의 아방
속성이야!!
저것 봐~.
저 아저씨
곰돌…이입!
쉿!!

아뇨, 그래도 이건 남자가 입기엔 너무 귀여워서….
이거 남성용 이에요!
훌렁

상상해보세요!
따뜻한 곰돌이 라이프를!
그러니까 부끄러워하실 필요 없어요!

마흔다섯 살의 중년 곰돌이 라이프…?

왜요
아니요….
침대 패드랑 이불 커버만 주세요.
상상해보고 단념하셨어…!

나도 어서
살 걸 사자.

좋아….
이제 계산하러
가신 거지?

으~음….
이쪽이 더
따뜻할 것
같긴 한데

예산이….

5250엔

그거,

이 쿠폰 쓰면
할인된대.

사장님?!

아까부터 걱정돼서 지켜보고 있었지?

그냥 못 본 척 집에 갈까 생각도 했는데

마침 쿠폰을 받아서.

타다노 군도 살 게 있다고 했으니 마주칠 수도 있겠다는 생각은 했어.

알고 계셨다고요~?!

하하….

그러셨구나.

무슨 얘기를 해야 되지?!

어색해!!

FLATS
NITORU
eu
revive

...죽은
아내가
검은 시바견이
되었더라고.

네?!
아아,
미안.
오늘
새벽에 꾼
꿈 얘기인데.

눈이 크고
밝고
사람을
잘 따르는

그런 검은
시바견이
신이 나서
바닥을
닦고
있는 거야.

그 모습을 보니
아, 맞다.
아내가
이런 이미지였지
싶어서

왠지
마음이 놓여

웃고 있는데

밀대를
입에 문
래브라도가

헥 헥

씩씩하게
달려오더니

두 마리가

내 주변을
빙글빙글
돌더라고.

아내와 조금
닮았기
때문이구나,
하고.

나이 차이가
나는데도

타다노 군과
있으면
마음이 편한 건

그때 묘하게
이해가 되는
기분이 들었어.

그러다가
추워서
잠에서
깼는데

내가 여전히
여름용 이불을
덮고 있었다는 걸
깨달았지.

그게 왠지
너무도 한심하게
느껴졌어.

바비큐 때도 타다노 군한테 너무 많은 폐를 끼쳤잖아.

나보다 나이도 어린 타다노 군한테 계속 이렇게 기대기만 해도 될까 하는 생각이 들었어.

저도 회사에서 실수했을 때

사장님께서 자연스럽게 커버해주서서 도움을 받았는걸요!

더 가벼운 마음으로 기대주세요!

그러니까 피차일반 이에요!

저희는…

파트너
니까요!

서로의
서투른 부분을
극복하기 위해
도움을
주고받으며…

나이 차이
따윈
관계없이!

…드립
실패했나?

…훗,

목표는!
살림과
일을
잘하는
남자들!!

함께
싸우는
파트너!

하핫!
파트너라, 좋은데?
인생 첫 파트너가 생겼군.
그럼 앞으로는 아무런 거리낌 없이
편히 기대볼까?
타다노 군은 내 파트너니까.
나도 이해가 되는 기분이 들었다.
그날부터 내 마음속에 자리 잡았던 인정욕구 몬스터가
원했던 건

혼자서 집안일도 잘하고 장하구나.
특별할 것 없는 서로의 일상을 함께 인정해줄 누군가가
내 앞에 나타나 주는 일이었던 걸.
그 뿌리채소 상식 배틀은 여전히 계속하는 거야?!
"당근은 심이 가느다란 게 더 달다"고 얘기해줬어요!

그렇게
메신저 상대랑은 오해가 잘 풀려서…

맛있어
쩌라 ♪

어느 가게에서나
매상 넘버 원

쫘아아악

아무래도
오늘은
카메라 앞이라

여전히
긴장되지만요.

하하핫

집에서는
일을 잊고
편하게
지냅니다.

그리고 내겐
아마도
오늘이
바로 그날이
아닐까?

누군가 그랬다,
살면서 세 번은
인생 최대의 위기가
찾아온다고.

185cm의
남자가
튀어나오면

밀착 취재의
주인공인
사장님 댁
옷장에서

헉

헉

사건일 수밖에
없으니까!!

▶ TRY.10 ◀
히다카 사장님과 밀착 TV 취재

네?
냉정제국 이라면…
그 밀착 다큐멘터리 프로 말씀이세요?
그래! 거기서 사장님을 밀착 취재하고 싶대!
우린 너무 좋을 거 같은데
대표가 바뀐 뒤로 회사의 개방적인 사풍이 변한 거 아니냐고 하는 소문도…
이번 기회에 불식시키면 좋지 않을까요?
취직은 need 3DM CG 크리에이터 모집
회사 후기
20대 여성 A 씨
정작 사장님이 마음이 없으신가 봐~.
…난 그런 데 소질이 없어서.
예전 사장님은 방송에 끊임없이 나가셨는걸요.
아~. …그분이 그런 건 잘하셨죠.

네?!
타다노가 실수하는 게 전국 방송을 타면 회사 망신 이에요!
그런 …!
난 반대예요!
콰앙
그런 걱정을 왜 하시는 거죠?!
푸욱?
후들…
ENERGY!
내 별별 깜껌!!
벌써 대참사가 벌어졌 으니까!!

봐, 방금
네 발에 걸려서
컴퓨터 코드
뽑힌 거!

보나 마나
작업 저장도
안 했지?
어쩔 거야?!

기사 포즈로
사고
안 친 척
하지 마!

너도 지금
무릎
아프잖아!!

이 타다노,
매순간 회사만
생각하며
최선을
다하겠습니다…!

우선 우선 우선

TV에
이카리 군처럼
우수한 직원들이
나오면

입사 희망자도
늘어날 테니까.

사장
님?!

들고 보니…
회사를
위해서는

수락하는 편이
좋겠군.

후배에게 다정한 선배가 가득한 회사! 3DM!
어쩜 태세 전환이 저렇게 빠를까….
어? 근데
그래도 다행이다~.
나 때문에 사장님 출연 건이 무마되지 않아서.
피로 동공
밀착 취재면 집 안까지 들어가는 거 아닌가…?
응?

※ 출처 :: 단행본 1권 보너스 에피소드

업무 종료 후 긴급 소집
< 사장님
업무 종료 후
긴급 소집
HELP...
물론 이죠!!
YES!!

...아하.

코트는 벗어서 소파에 던져두고 보는 타입
휘
하긴, 이제까진 내가 올 때마다 너저분한 짐은 침실로 밀어넣어 두셨댔지.

평소엔 이 정도로 어질러져 있군요.
오늘은 타다노 군이 올 거란 생각을 못 했거든.

집은 조금씩 정리하면 되겠고,
촬영 리허설도 미리 해보면 좋겠네요.

뽀득
뽀득
?
―크리에이티브
프로덕션 3DM의
대표이사
히다카 세이지….
집에서는
쿨한 모습과는
다른 일상을
보여주는 그―.
딴딴딴
따라라~
리라~♬
(인트로)
카
메
라
냉정
제국
아, 거기부터
해주는 거야?
밀착
이니까요.
평소처럼
하시면 돼요!
왠지 좀
쑥스러운걸….

…유능한 남자는
복습을 게을리하지 않는다.
야키소바.
바비큐 때 배워 온
오늘은 뭘 만드실 건가요?
그럼 우선 저녁 식사 준비를 해볼까?

이 달걀
유통기한이 지났네.
아.

…
카메라

달걀을 버리는 건 죄책감이 드니….

달걀프라이를 해서 야키소바 위에 올려야겠어…

…생명의 소중함을 아는 이 남자!!

…평소엔 다 귀찮아서

두 시간쯤 핸드폰만 보며 뒹굴거려.

시간을 효율적으로 쓰시네요!

…솔직한 남자, 히다카 세이지.

다 먹었으니 설거지를 해야지.

겸사겸사 쌓아둔 설거지도 하고.

아, 욕조의 물이 다 데워졌을 시간이군.

띵띠로링

완벽
해요!
냉철
아직 옷도
안 벗었으니
물이야 다시
받으면
그만이야.
그러니
이건
세이프.
―냉철한 그는
실수 앞에서도
긍정적이다….
이렇게 꾸준히
청소와
이미지
트레이닝을 마친
우리 앞으로
다가온…

촬영 당일….
기합을
넣고 가자!
좋아!
짝
앗! 좋은
아침입니다!
왔냐~.
오늘부터
촬영
시작이니까
안 그래도
존재감
크니까
잘 좀
쭈그리고
있어.
쭈그리라
고요…?
진짜
사고 치지
마라.

비유잖
아아!!
쭈그리라는 게
그런 의미가
아니잖아!!
쭈글
꼬마 때
정신세계로
돌아가란 말이
아니라고!!
어른의
정신을
유지해!!

내 말은
존재감을
좀 없애라는
거야!
존재하지
않는
사람처럼
걸으란
말이
아니고!!
스슥
스슥
안녕~
하세요~.
달깍

오늘부터 신세 좀 지겠습니다.
안녕하십니까!
우와… 역시 실제로 카메라가 들어오니
긴장감이 다르다…!
카메라맨인 이케타니입니다.
나, 나나, 나도
이카리입니다.
감독 타부치입니다.
인사를 해야…!
잘 부탁드려요.

깜짝
덜컥
덜컥
잘 부탁드려요니당!
떡
떡

촬영은 사장님이 메인이니 너무 긴장 마세요.

하… 하하하, 긴장하셨나?

하하하!! 그러니까 말이에요!

방금 그거 뭐야?! 위협이냐?!

그런데 카메라는 정말 사장님을 위주로 돌아가는구나.

죄송해요, 정중하게 허리부터 굽혀야 한다는 생각이 앞서는 바람에…!

이제야 긴장이 좀 풀리네.

수고 많으셨어요!

후우….

첫날은 어떻게 겨우 마쳤다~. 아휴, 어깨 뻐근해~.
긴장을 놓을 틈이 없으시겠네….
이제부터 사장님은 자택 촬영이시지?
앗!
어떡해, 사장님 핸드폰 두고 가셨어!
사장님이 이런 걸 깜빡하시다니, 별일이군.
오늘 촬영분이 대충 끝나서 긴장이 풀리셨나 보네….
집도 가까우니까 제가 퇴근길에 가져다드릴게요!
저건…
촬영팀?!

끼익응

죄송해요,
허락 없이
좀 들어갈게요…!

집이
좋네요~.

거실에서
촬영
중이구나….

직접
전달드리긴
어려울 것
같으니

복도에 놔두고
나가서
전화벨을
울리는
방법으로….

응?!

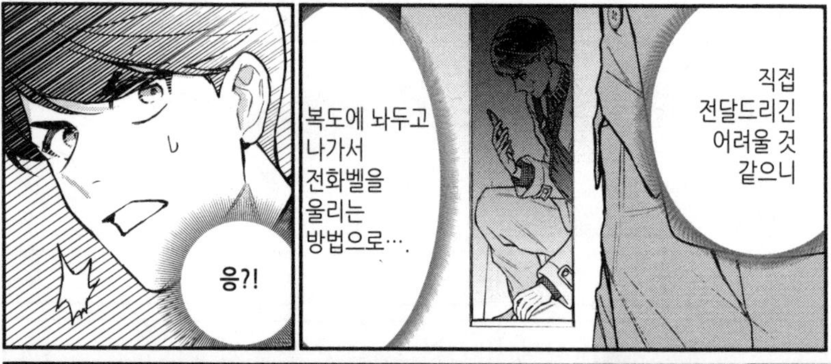
사장님의
사적인
곳이…

열려
있는 거
같은데?!

냉철한 얼음 제왕이 저런 실수를 하실 리 없…

아, 아니야. 진짜 열려 있어!

아마 각도 때문에 나밖에 못 보고 있는 거 같지만….

심지어 오늘따라 왜 저런 화려한 핑크를?!

두근……

두근……

타다노 씨, 이거 좀 봐.

그때 그 사장님이 주신 신작 물건이야…!

또 물이 빠질 것처럼 생긴…

YES!!

아아아아, 그때 그 팬티~!!

우와

좀 좋아하시는 거 같은데…

회사에선 분명히 안 열려 있었는데…?

집에서 화장실을 쓰고 긴장이 풀려서 나오신 건가?

하필 그 팬티를 오늘의 승부 팬티로 고르시다니요!!

너무 눈에 띄어~!!

이러다간 사장님 팬티가 전국 방송을 타겠어!

어떡하지?!

의외로 POP한 감성의 속옷을 입는 사장님—

〈플랜 A〉 당당히 가서 올려준다.
안녕하세요~, 고생하십니다!
저는 3DM 직원!
타다노 유우입니다!
기억해주세요!
안 돼!! 이건 발랄한 변태야!!
팬티…!
하악
하악
안 돼!! 이건 너무 변태의 전형이야!!
〈플랜 B〉 슬쩍 가서 말한다.

전부
못쓰겠군!
그럼
〈플랜 C〉!!
원격으로
알려드리기!!
20:33
50%
5G
LENE
타다노 군의
새로운 메시지
응?
내 전화기…?
?!

음? 히다카 사장님 왜 그러십니까?

아, 감사합니다.
우선은 다른 방들부터 먼저 둘러보고 마셔도 될까요?
세상 멋진 지퍼 정리!!
깜짝
복도로 다시 나온다, 어쩌지!
아닙니다. 여러분, 커피라도 한잔씩 드릴까요?
현관으로 도망칠 시간이 없어!
어디 숨어야 하지…?!

침실도 아주
깔끔하게
정돈이 되어
있네요~.

우리 집은
애들이 하도
어질러서
엉망인데,
이렇게 다르네~.

하하….

여기도 평소엔
정신없이
어질러져 있어요.

이젠 더 이상
피할 곳이
없잖아…?

큰일이다….
급하게
옷장에 숨었더니

손에 코트를
들고 계신걸
보면…

?

사장님도
아까 메시지를
보고

언제
옷장 문이
열려도
이상하지 않은
상황 아닌가?!

내가 근처에
있는 걸
눈치채신 것
같은데….

옷장이
너무
가득 차
있어서

달리
더 들어가
숨을 데도
없고….

응?!

이건…?

에이잇!
될 대로
돼라!!

앗,
목소리들이
가까워지고
있어!!

흠칫

끼익

?!

빵...윾
연말 선물
전통 선물을 손에 든…
산타~?!
꺄아아악?!
큣윾~웅
으아아악!
연말 선물
이,
일본의

마리O와 루이O세요?

cool na futari wa
mikake ni yoranai
Aoi Michiyuki Presents

●보너스 만화●

쇼핑몰
플랫츠 공식 캐릭터
플랫츠 군
선물 드려요
'플랫츠 군과 같이 춤추고 SNS에 업로드 해 주세요.'
'선물을 드립니다.'
플랫츠 군이랑 같이 춤추고 SNS에 업로드해주세요! 복사태그를 붙여서 친구들에게 세어하면!
플랫츠_군과_댄스
게시
6화에서 세제를 산 후에…
이벤트 하나 봐요.
아,

나는 패스.
받고 싶다!
키친랩을 준대요!

플랫츠 군의 춤을 따라 하면 되는 건가?
쉽네.
젊구나~….
그럼 내가 찍어줄게
저는 하고 올게요!

아무리 나이 제한이 없어도
이런 꼬맹이들 대상 이벤트에…
큰 코 좀 다치게 해줄까…?
플랫츠 군 안의 본체 프로 댄서 카가(32세)

잘 부탁해요~.
오, 젊은 남자…?

빙글~스텝
탓 탓

뭐, 이 정도 초보 수준은 누구나 할 수 있지.
예에!
형아 잘한다~!

자, 시작은 가벼운 잽의
박스 스텝으로!!

그럼 저 키친랩….
어? 아직 안 된다고요?
짝
짝
이거라면 못 따라 할걸! 비장의 브레이크댄스…
윈드밀로 시작해서 토마스로 이어지는 무브!!
휫앗
삐걱삐걱
이마 — 이러면 돼요?
뭐야?!
이걸 따라 해…?!

와~ 잘한다
헝엇
헝엇
!!
남들 이목이 집중되면 긴장되는데!
무슨 이벤트예요?
이런…! 사람들이 몰려들고 있어.
허엇
허엇
?!
빨리 키친랩 줘요, 플랫츠 군!!
웃음이 사라졌어….
이제부터가 진짜라 이건가?!

저 사람
어디 대회
챔피언
출신인가?!

저 현란한
무브!

인간계의
것이
아니야!

댄스
배틀?

이게
뭐지…?

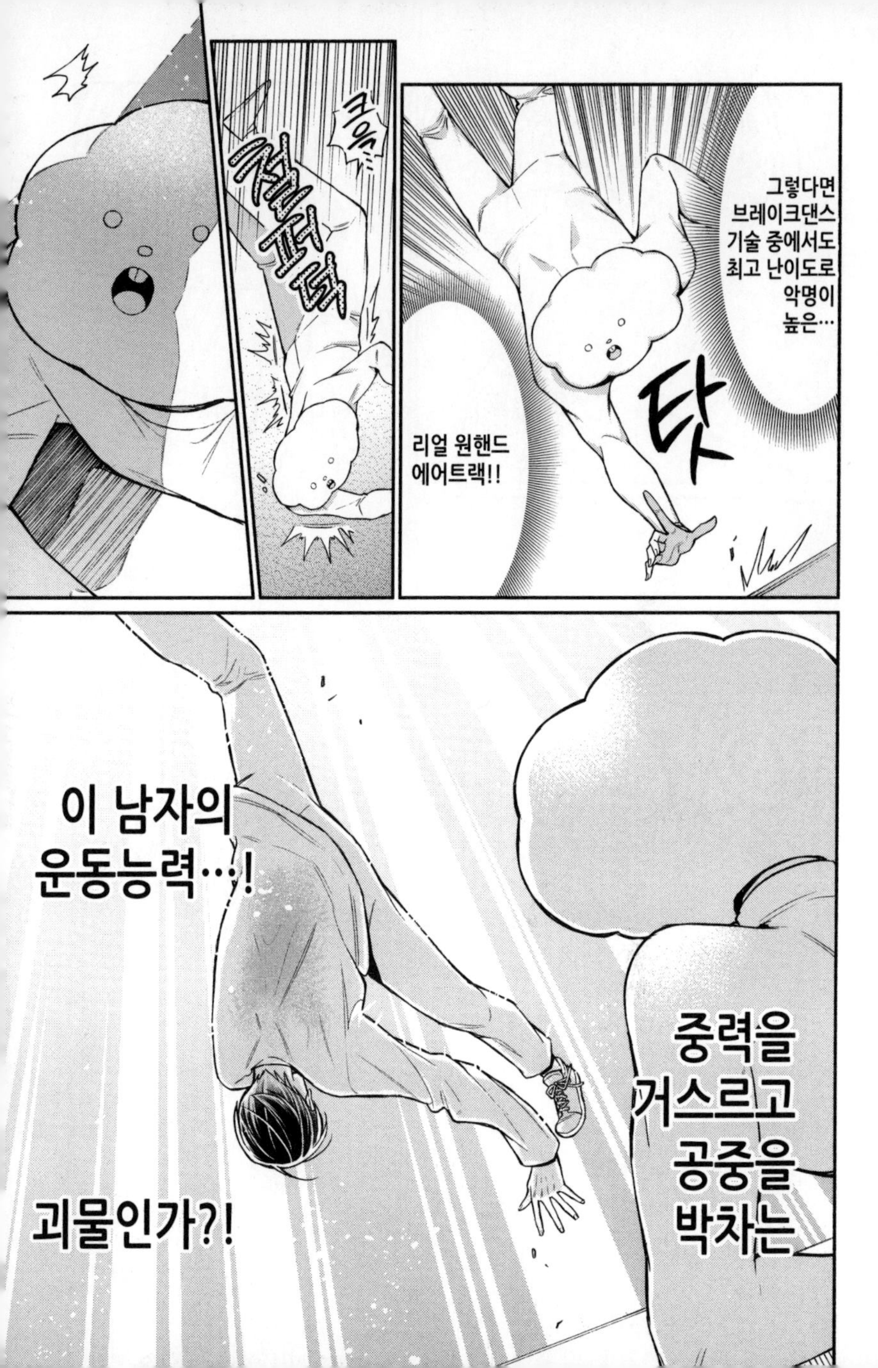
크흑…!
그렇다면 브레이크댄스 기술 중에서도 최고 난이도로 악명이 높은…
탓
리얼 원핸드 에어트랙!!
이 남자의 운동능력…!
중력을 거스르고 공중을 박차는
괴물인가?!

더…
해요?
우와아아
와아아
아
아
아아!!
플랫츠 키친랩
FLAT

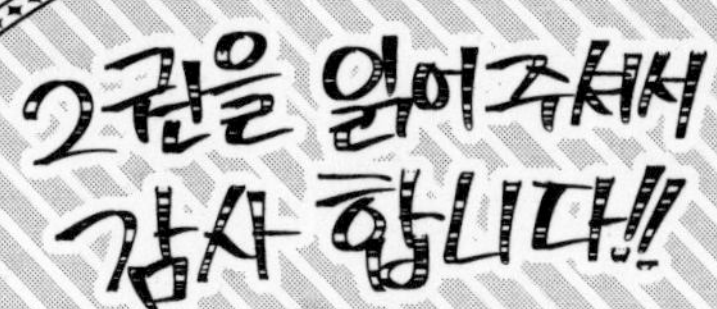

덕분에 눈 깜짝할 사이에 2권이 나왔습니다.

7화 중 타다노의 과거 바비큐 에피소드는 거의 다 실제 제 경험이에요.
그 여름, 저는 철판구이 요리사였습니다.
슬픈 실제 경험을 살린 만화
〈쿨한 두 사람은 겉보기완 달라〉.
그럼 3권에서 만나요.

미차유키 아오이

쿨한 두 사람은 겉보기완 달라 2

초판 1쇄 인쇄 2025년 12월 10일
초판 1쇄 발행 2025년 12월 15일

저자 : 미치유키 아오이
번역 : FIIL

펴낸이 : 이동섭
편집 : 이민규
디자인 : 조세연
영업 · 마케팅 : 조정훈
기획편집 : 송정환
e-BOOK : 홍인표, 김은혜, 정희철, 김미연, 황진영, 장화진
라이츠 : 서찬웅
관리 : 이윤미

㈜에이케이커뮤니케이션즈
등록 1996년 7월 9일(제302-1996-00026호)
주소 : 08513 서울특별시 금천구 디지털로 178, B동 1805호
TEL : 02-702-7963~5 FAX : 0303-3440-2024
http://www.amusementkorea.co.kr

ISBN 979-11-274-9717-0 07830
ISBN 979-11-274-9715-6 (세트)

Original Japanese title : COOL NA FUTARI WA MIKAKE NI YORANAI Vol.2
Copyright © Aoi Michiyuki 2024
Original Japanese edition published by SHODENSHA Publishing Co., Ltd.
Korean translation rights arranged with SHODENSHA Publishing Co., Ltd.
through The English Agency (Japan) Ltd.